CHRISTOPHE ET LES ULTRA,

OU

LES DEUX N'EN FONT QU'UN.

MATÉRIAUX

POUR L'HISTOIRE DE SAINT-DOMINGUE.

Quand on est deux, et quand on s'aime,
Qu'il est doux de penser de même.

PARIS,

A LA LIBRAIRIE POLITIQUE, RUE POUPÉE, Nº 7 ;

ET

CHEZ CORRÉARD, PALAIS ROYAL, GALERIE DE BOIS,

Nº 258.

1820.

CHRISTOPHE ET LES ULTRA,

ou

LES DEUX N'EN FONT QU'UN.

QUOIQUE les bizarreries et les contrastes qui signalent chaque jour le caractère des hommes, dussent accoutumer celui qui réfléchit à ne s'étonner de rien, il est cependant des choses trop frappantes, qui offrent un tel disparate, et qui sont marquées au coin d'une exaspération trop forte, pour ne pas être l'objet des plus sérieuses observations.

Telle est l'opinion que les *ultrà* et les journaux qui sont à leur dévotion ont professée dans diverses circonstances. Qu'ils se repaissent de chimères, qu'ils appellent par leurs vœux, par leurs cris, avec les accens de la rage et du désespoir, des temps qui ne peuvent renaître, des institutions que repoussent le bon sens, la raison, l'humanité, et les droits que la nature et les lois accordent à chacun pour en jouir paisiblement : cela ne peut ou ne doit

1

pas surprendre; la folie est de tous les temps et de tous les âges.

Qu'ils brandissent dans leurs mains débiles un fer qui n'est même plus un ornement par le ridicule qu'ils y ont attaché, on peut encore rire de ces menaces impuissantes, de ces efforts expirans de nos modernes Don Quichottes.

Mais que ces partisans, ces amis, ces soutiens de toute légitimité, qui n'accordent des droits qu'à ceux qui peuvent compter une suite non interrompue d'illustres aïeux; que ces hommes qui ne jugent du mérite de leurs semblables, ou qui ne leur accordent quelques talens qu'en raison de l'antiquité de leurs titres, et qui leur paraissent mille fois plus précieux lorsque le temps laisse à peine découvrir un faible vestige de ce qui fut tracé par la main des hommes; que ces nobles, par excellence, qui ont toujours à la bouche les mots sacrés de gloire et d'honneur! que ces ennemis déclarés de toute usurpation, de tout pouvoir qui furent cimentés par le sang, ou par le crime, fassent l'éloge d'êtres qui se sont rendus coupables de tous les forfaits! voilà ce qu'il est impossible de concevoir, ce dont on veut en vain se rendre compte, et cependant ces *ultrà*, si purs, si grands, si chauds partisans de la vertu, nous prouvent qu'avec eux il faut s'attendre à tout. Tant il est vrai que les passions, l'esprit de parti et la soif de la vengeance légitiment les plus grandes horreurs, les choses les plus absurdes, les plus révoltantes aux yeux de ceux qui ne suivent d'autre guide que la haine qui les tourmente et les dévore. Voilà ce qui a conduit ces messieurs à faire l'éloge *de Christophe*, ce despote d'Haïti, de la plus belle partie de l'ile de St.-Domingue; ils lui trouvent des vertus, de l'héroïsme, de la grandeur d'âme ! autant vaudrait citer *Cartouche* ou *Mandrin* comme des modèles de probité, et regarder comme des héros *Trestaillon* et ses pareils : telle est cependant la doctrine qu'ils professent, les principes dont ils voudraient assurer le triomphe, et la morale qu'ils désirent mettre en action!

Quoi! *Christophe*, ce féroce africain qui n'a d'humain que quelques traits que laisse à peine découvrir la couleur de sa peau, image de son âme, s'il en a une ! quoi! *Christophe !* dont le trône est élevé sur les cadavres de ceux qu'il a lâchement assassinés, torturés, empoisonnés, dont chaque degré de ce trône est formé par les ossemens de ses victimes, qui n'est parvenu au pouvoir suprême que par les moyens les plus vils, les plus affreux, les seuls dignes de lui. Eh bien, *les ultrà* font l'éloge de *Christophe* ! c'est un grand homme, pourquoi pas un Dieu !!!

Hommes sanguinaires et qui voudriez encore voir se renouveler ces scènes d'horreur dont vos sicaires du midi se sont rendus coupables pour seconder vos infâmes projets à une époque qui est encore trop près de nous et que vous désirez voir renaître ; bourreaux de vos frères, je vais dérouler aux yeux des Français quelques-unes des grandes actions de *Christophe*, votre héros ! vous sourirez, votre joie sera celle du tigre, et vous Français, vous, hommes généreux, bons et sensibles, lisez et frémissez.

Pour donner plus de force, plus de poids à nos réflexions, et que la persuasion dont nous sommes pénétrés soit partagée par tous nos lecteurs, enfin pour ajouter à l'horreur qu'inspirera *Christophe*, dont les *ultrà* préconisent la gloire, nous joignons ici la copie de deux lettres d'un homme dont la véracité et la bonne foi ne peuvent être suspectées ; les ori-

ginaux sont entre nos mains et nous les com‑
muniquerons au besoin à la défiance et à l'in‑
crédulité.

Saint-Thomas, 2 décembre 1819.

MONSIEUR ET AMI,

J'ai lu, ces jours derniers une petite bro‑
chure imprimée à Paris, sous la rubrique *de
Saint-Domingue. — Observations sur un ar‑
ticle inséré dans le Constitutionnel, le* 31
août 1819.

Il paraît d'après une note mise au bas
de cette brochure, que les rédacteurs du
Constitutionnel ont refusé de l'insérer dans
leur feuille. J'en suis vraiment fâché, parce
que ce journal étant répandu plus qu'aucun
autre, aurait éclairé, quoique faiblement,
un plus grand nombre de personnes sur le
caractère féroce de *Christophe.* Je dis fai‑
blement, car on n'aura jamais une idée
exacte de l'atrocité de ce monstre. — En
effet, l'écrit en question ne contient pas la
millième partie des crimes commis par ce
Néron d'Haïti. Il n'a cessé et ne cesse encore
d'exercer tous ses différens genres de sup‑
plices sur les malheureux qu'un destin funeste
fait tomber en son pouvoir. Je voudrais que
le monde entier sût que ce barbare, né à la

Grenade (île anglaise), et transporté au Cap Français depuis quarante ans, joua sous tous les gouvernemens qui se succédèrent à Saint-Dominguependant le cours de la révolution, le rôle affreux de bourreau en sous-ordre, et qu'il n'en a pas changé depuis qu'il est sur un trône. — M. Duluc, de qui est la brochure, n'a pas connu, puisqu'il ne les a pas indiqués, tous les hauts faits de ce nouveau Phalaris.

Je vais tâcher de suppléer à son silence, en vous faisant une narration fidèle de ce qui est parvenu à ma connaissance sur le compte de ce monstre abominable. Je garantis l'exactitude des faits suivans :

Il fit mourir clandestinement le général *Pierre Toussaint*, commandant de Saint-Marc, pour avoir refusé d'être aussi barbare que lui, en se rendant complice de ses crimes. Ce général était un brave défenseur de sa cause, qu'il croyait juste ; il s'aperçut trop tard de l'erreur où il était. Ce roi tigre n'a jamais connu que le service du moment.

Il força le général Vernet, son ministre d'état, de s'empoisonner dans son propre palais, ainsi qu'il l'avait déjà fait de Dufay, ex-conventionnel et de sa femme. La mort de ce ministre n'a eu pour objet que l'envahissement de ses immenses richesses, dont Christophe s'était fait donner un exact inventaire, afin qu'on ne pût rien lui enlever.

Il fit assassiner Clairvaut, général de division, dans une embuscade où il avait placé les siens.

Il fit brûler sur des charbons ardens les blessés qu'il trouva au fort Sibert, lorsqu'il s'en empara, à l'époque de la seconde tentative sur le Port-au-Prince, afin, disait-il, de leur faire expier le crime d'avoir pris les armes contre lui.

Il fit couper la tête de son garde-magasin général, pour l'empêcher de révéler les ordres secrets qu'il lui avait donnés, de ne livrer qu'une demi ration, afin qu'ils tinssent plus long-temps le siége, à la même époque.

L'infortuné Vincent fut la victime de ce tyran, comme le seront tous ses serviteurs.

Il fit mourir de faim, dans sa citadelle, Henry-Charles Demaratte, négociant américain.

Il fit expirer sous le bâton, Bunel, son ancien trésorier, et l'un de ses plus grands défenseurs dans le monde politique, pour avoir amassé une trop grande fortune.

Le général Roque, son confident intime, fut

égorgé par ses ordres, parce qu'il redoutait son indiscrétion.

On ignore ce que sont devenus vingt-huit individus français ou parlant français, qu'il fit arrêter ensemble avec les infortunés Montorcier et Belcour, et qu'il fit jeter dans les cachemates de sa citadelle.

Il a fait précipiter le malheureux Médina dans les fossés de la citadelle, où il l'avait détenu long-temps , afin de jouir de son agonie.

Tout récemment encore , deux Français, assez imprudens pour aller commercer chez lui, sous des noms espagnols, ont eu la tête tranchée. Remin , général de division, a été chargé de commander cette exécution; je rends pourtant justice au caractère généreux de ce général : il n'aura obéi que par terreur.

Saint-Georges, aide-de-camp de Christophe, a reçu de lui un coup de pistolet au moment même qu'il lui présentait une tasse de bouillon, dans la sérieuse maladie que fit ce tyran en 1810. Ce malheureux jeune homme mourut peu de jours après des suites de sa blessure. Vous voyez, monsieur et ami, que personne n'est à l'abri des coups de ce monstre affreux , pas même ceux qui jouissent de sa faveur. C'est un tigre altéré de sang, pour qui il n'y a rien de sacré sur la terre : il est étranger à tous les sentimens de la nature.

Je finis mon affligeante narration, car si je voulais décrire tous les crimes de cet homme féroce, je ne terminerais jamais. Donnez , je vous prie, toute la publicité possible à ces faits, afin de rendre le nom de Christophe en horreur au genre humain ; et de prévenir par là, s'il se peut, la mort de ceux qui seraient tentés d'aller chez lui.

Adieu, mon cher ami, je soupire après le moment qui doit nous réunir.

Faites agréer, je vous prie, mes respec-tueux hommages à madame.

DUBOIS.

Port-au-Prince, le 22 décembre 1819.

Me voici heureusement arrivé, monsieur et ami ; je suis en bonne santé sur ce sol au-trefois si fertile, si glorieux à la France ; sur ce sol dont les riches productions, excitant une haineuse rivalité, faisaient pencher la balance en faveur de notre commerce.

Je m'y trouve entouré de ses habitans,dans

le cœur desquels s'éteint tout souvenir irascible, dont les habitudes, dont les besoins, dont les mœurs conservent tant de rapport avec les vôtres.

Leur accueil, hospitalier pour tous, démontre la bonté de leur caractère; la culture y est en honneur; et un bel avenir se découvre à la génération présente dans ses écoles, dans ses lycées.

Quelques années encore, et ce peuple nouveau aura obtenu et pris son rang parmi les peuples, dont le burin de l'histoire se prépare à consacrer le souvenir.

Je puis y juger des choses, sur partie desquelles reste empreinte la main des furies, qui, naguère, brandissaient les torches de la guerre civile, sur le plus beau fleuron de la France.

Ici...... dans cette plaine...... sur ces montagnes...... non loin de ce rivage...... là, sur cette place publique......, sous ce toit écroulé......, partout en un mot....., je suis à même de mesurer toute l'étendue des torts de la France et de ses agens, et des torts qu'a produits une irritation forcée chez ces habitans qu'une administration paternelle continue de rendre à la douceur et à la paix ; je suis à même de mesurer l'horreur des passions déchaînées, par les arrivages qui ne les ont rendues que trop célèbres : d'autant plus furieuses, elles étaient alimentées et salariées dans toutes mains, par la perfidie toujours cupide de vos plus anciens ennemis, sur lesquels seuls pèse cette terrible responsabilité.

Un seul trait, entre mille, peut répondre à cette prodigalité d'encens et de basse adulation, dont, surtout depuis 1815, des cœurs *non français* les enivraient, même en les conduisant, pour les tarir vers les sources de la prospérité d'une patrie qui fut généreuse assez pour consentir à les compter encore parmi ses enfans.

Le Cap était gouverné pour la France par Rochambeau.

Le corsaire *le Serpent* fut régulièrement expédié de ce port, sous le commandement de M. Henri Andreson.

Il fut rencontré le 6 février 1804, par la goëlette *anglaise*, *la Supérieure*, capitaine Freemond

Il capitula en mer avec cette goëlette. Il reçut de Freemond *sa parole d'honneur*, que personne de l'équipage français ne serait mis à terre dans les parties du territoire de la colonie où l'autorité française était méconnue.

Six jours après cette *parole d'honneur*, donnée et reçue...... le 13 février 1804, d'impérissable mémoire...... Freemond la viola...... Il conduisit ses victimes au mole Saint-Nicolas......; il employa la violence pour amener sous la hache de Dessalines, *quarante-six* de ses prisonniers *sacrés*......; ils furent immolés sur le rivage...... Le *quarante-septième*, M. Lomini, officier du *Serpent*, ne dut sa conservation qu'au défi français qu'il adressa à Freemond, du haut du mât où il s'était réfugié : « Consomme ton méfait; comble ton « infamie en m'assassinant toi-même sur ton « bord, ou ce poignard, qui va me rejeter « à tes pieds, épargnera à Dessalines l'hor- « reur nouvelle de servir d'instrument aux « tiens...... » Freemond recula......

Monsieur Lomini vit encore pour la France; il vit contre ses ennemis.

L'histoire sévère a recueilli ce fait; Freemond ne donnera point un démenti à la notoriété publique.

Je ne vous affligerai pas plus long-temps, monsieur et ami, par de nouveaux et semblables détails dont chaque journée vient navrer mon cœur. Le vôtre sera froissé par la fin de ma lettre; indiquez-la comme un rayon du miroir de la vérité, réfléchi sur votre patrie, à travers l'étendue des mers et l'éloignement du temps; puisse-t-il concourir à mettre à nu, aux yeux des Français, toute la barbare perfidie de leur *magnanime vainqueur.*

Le cœur et l'esprit ont besoin de repos. Adieu, mes vœux sont toujours pour les États-Unis, pour mes enfans, pour la France et pour vous.

J. P.

Français! je vous le demande; que pourrions-nous attendre des amis de Christophe, de ses partisans, de ceux qui se sont établis les trompettes de sa renommée! Quel serait le sort de la patrie, celui de nos femmes, de nos enfans, si jamais ils venaient à pouvoir en disposer. Ah! sauvons-la, cette patrie, sauvons tout ce qui nous est cher; à Dieu ne plaise d'employer les moyens dont ils nous ont

donné le funeste exemple : mais, par l'union,
l'amitié, la concorde ; en faisant un rempart
inexpugnable de notre volonté à la Charte,
et un autre de nos corps à son auguste au-
teur ; nous triompherons des vains efforts de
nos ennemis, et la France sera libre et heu-
reuse sous un gouvernement *constitutionnel* ;
le seul qui puisse lui convenir, assurer et
consolider ses grandes et glorieuses desti-
nées.

FIN.

IMPRIMERIE DE MAD. JEUNEHOMME-CRÉMIÉRE,
RUE HAUTEFEUILLE, Nº 20.